U0068153

瀨田貞二 作 · 林明子 繪 · 林真美 譯

今天是什麼日子？

早上，小美要出門時，跟媽媽說：
「媽媽，你知道今天是什麼日子嗎？
你不───知道嗎？不知道嗎？如果
不知道的話，請到樓梯的第三個階
梯找答案。」
小美轉頭唱歌，蹦蹦跳跳的朝學校
走去。

媽媽馬上在樓梯的第三格階
梯上，看到一封繫著紅繩子
的信，上面寫著：

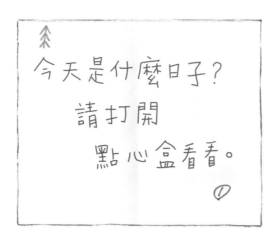

今天是什麼日子？
　請打開
　　點心盒看看。

媽媽一看就知道那是小美的字。

媽媽打開點心盒，在泡芙的中間塞有一封繫著紅繩子的信。她打開來看，上面寫著：

天氣不好要往傘，
放傘的玄關裡
有什麼？
②

媽媽趕緊來到玄關， 在放雨傘的
陶缸底部， 看到一封繫著紅繩子
的信。

是哪一本書呢？
提示：
我最喜歡的
本。③

「哈哈，接下來要到二樓找了。」

媽媽曉得小美最喜歡的繪本是哪一本，她一到二樓的小美房間，就從書架抽出《瑪德琳和親愛的小狗》這本書。果然，有一封信夾在「一隻狗撲向瑪德琳」的那一頁。

爸爸挖的金魚池，
有東西
浮在上面哦。
④

媽媽來到院子。

金魚池裡有一封用塑膠袋包
好的信浮在水面。
這封繫著紅繩子的信，被許
多金魚包圍著。

信上寫著：

媽媽送的黏土小豬，
嘴裡含著
一封信哦。
⑤

黏土小豬是小美的撲滿，放在縫紉機的上方。小豬的嘴巴果然含著一封信。

結婚時新娘的捧花，
　　　　要插哪裡好呢？

⑥

客廳有一個好大的玻璃花瓶，裡頭的那束花好漂亮，花莖上綁了一封繫著紅繩子的信。

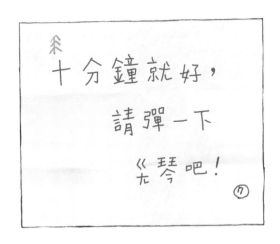

十分鐘就好，
請彈一下
鋼琴吧！
⑰

「唉呀，真是很好的建議。
有點累，乾脆就來彈一曲吧！」

媽媽打開琴蓋， 就看到一封繫著紅繩子的信。

媽媽把信放在琴譜的架子上， 彈了小美最喜歡的〈小星星〉。

然後， 媽媽把信打開， 上面寫著：

周圍有一個你不太會注意到的東西。

提示：
但是，你一定會用到。

⑧

媽媽想了半天，都想不出到底是什麼東西。最後，媽媽放棄了，她把所有的信整理好，正準備放進信插裡時，看到一封繫著紅繩子的信就擺在信插上。

「喔喔，原來謎底是信插。真的不太容易被注意到啊！」媽媽打開信：

年年都有這一天。
　請打電話給爸爸，
問問他的口袋裡
　有什麼？
⑨

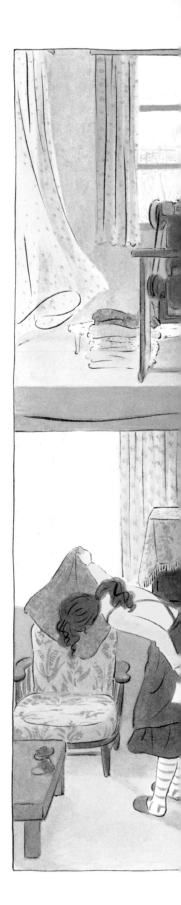

媽媽自言自語的說：「我正想打
電話給他。」她抬頭看看時鐘，
心想， 現在正是適合撥電話的
時間呢！

「爸爸， 你的上衣口袋裡是不是
有一封用紅繩子綁起來的信？
是小美寫的， 快唸給我聽。」

電話那頭傳來爸爸驚訝的聲音：
「啊， 有、 有耶。 這是什麼啊？
怎麼回事？」

紀念日禮物
ㄋ在信箱裡，
終於送到了。
謝謝合作。
⑩

媽媽忍不住笑了出來。
「你回家我再告訴你。 對了， 別忘了
要帶回來的東西喔！」
「我當然不會忘記。」現在輪到爸爸
在電話的另一頭笑了。

傍晚，爸爸提著一個竹籃子
進門。媽媽看到竹籃，對爸
爸使了個眼色。
小美只顧著看籃子，沒有注
意到爸爸和媽媽的表情。

爸爸坐在暖桌旁，媽媽把白天在信箱裡發現的小包裹交給爸爸。

那是一個白色的信封，上面一樣綁了一條紅繩子。

爸爸拆開小包裹，裡面有一個用色紙摺的盒子。

打開盒子，裡面又有一個小一
點的紙盒，再打開那個紙盒，
裡面又有更小的紙盒⋯⋯
就這樣，一個又一個的小紙盒
出現了，直到第十個小紙盒，
他們看到裡面裝了龍鬚草的果
實和南天竺的果實。

「紫色的水晶是送給爸爸的，紅
色的寶石是送給媽媽的。」小美
一臉認真的說。
「這些紙盒是小美自己做的嗎？」
「好棒的禮物。謝謝你。接下來，
我們也有禮物要送給你⋯⋯」
爸爸話說到一半，籃子裡傳來
「汪！汪！」的叫聲。

爸爸掀開竹籃，一隻圓滾滾的咖啡色小狗，伸出紅色舌頭，兩隻前腳搭在籃子的邊邊，用力伸直身體。

「這隻小狗是要送給你的。同事家的狗生了許多隻小狗，爸爸跟他要了一隻回來。」

小美抱起小狗，親了又親。小狗
用舌頭舔了舔小美的臉頰。

「對了、對了，今天我可是被小美
的那些信搞得團團轉啊。
你看，我找了這麼多地方……」

媽媽把九封信一封一封拿給爸爸
看，爸爸也把口袋裡的最後一封
信疊了上去。
小美抱緊小狗，唱起歌來：
「你們知 ——— 道嗎？你們知道嗎？
你們知道今天是什麼日子嗎？請
把上面畫有小樹的字找出來，再
將那些字排在一起，你們就會知
道了。」

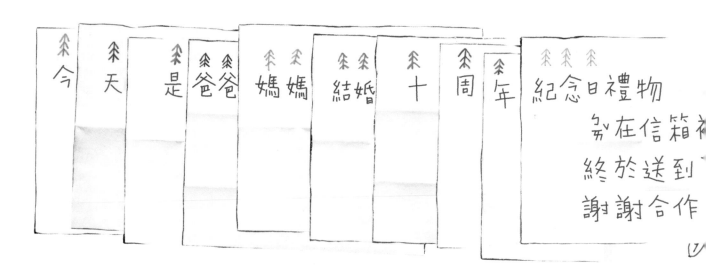

今天是爸爸和媽媽的結婚十周年紀念日。

爸爸和媽媽真的不記得了嗎？

悅讀尋寶串連起親子之愛　　葉嘉青｜臺灣師範大學講師暨臺灣閱讀協會常務理事

《今天是什麼日子？》看到這句作為書名的日常問句，不禁令人產生好奇，在孩子的心目中，什麼日子特別值得重視？是生日、入學日，還是……？再瞧瞧封面框架外的小女孩小美，正躡手躡腳的瞄著框架內的爸爸、媽媽，好像在藏什麼似的，更引發了小讀者的疑竇！全書帶著偵探色彩的尋寶故事，就此神祕登場了！如果想先和孩子玩個說故事前的預測遊戲，也可以直接翻轉到封底，看看一雙可愛的小狗和小狗玩偶，他們將成為書中尋寶的線索。

這麼細緻、巧妙的設計是出於日本插畫家林明子之手。她擅長捕捉孩童的神韻，對於故事的情景和人物的描繪都十分的考究，書中呈現出現代日本小家庭的日常生活和文化特質，搭配作者瀨田貞二趣味的邏輯推理，以及家人間彼此的親密互動，讓這本繪本成為受人推崇與喜愛的經典之作，在閱讀中，可以享受親人間無私的愛與體貼。

延續封面的懸疑感，翻開書名頁，小美正從爸爸的西裝口袋裡拿了或放了什麼東西嗎？接著讀者們將陪著媽媽，在小美精心設計的連環猜謎中一一解開祕密。媽媽非常配合的循著小美的指令翻箱倒櫃、爬上爬下，一點都不輕忽小女兒的用心。為了讓讀者感受到媽媽在熟悉的動線和空間中，進行非日常的尋寶活動，林明子特別透過了房子的剖面圖，讓讀者更全面的欣賞小美的居家環境，也在這麼認真的解密過程中，讓我們看到了小美和媽媽之間的默契，例如當小美出謎題問媽媽，自己最喜歡的是哪一本書？如果媽媽答不出來，那麼遊戲就得終止。所幸媽媽一個接著一個的過關得點，即使畫面中只有她一個人，也能感受到小美的愛陪著媽媽，為她加油、喝采。當然，

小美的遊戲也沒忘記邀請爸爸參與，而且早在書名頁就埋下了伏筆，讓爸爸握有尋寶的最後一張拼圖，等他回家，把十封信合在一起時，謎底就揭曉了！

小美將爸爸媽媽的結婚紀念日放在心上，並細心的準備和慶祝讓人感動。爸爸媽媽慶祝結婚紀念日的方式，竟然是為小美送上心愛的小狗，也令人動容。這讓我想起，自從有了孩子以後，我幾乎沒有、也沒想要過生日或結婚紀念日，直到孩子長大了，開始會幫我和爸爸慶生及提醒我們結婚紀念日到了！我想這種心情或許和家人間、彼此的恩愛與傳承有關，就像這個故事不僅是一場有趣的家庭尋寶遊戲，也是平凡中最不平凡的愛的表現！

親子共讀《今天是什麼日子？》後，可以和孩子進行有趣的延伸活動，包括用獨自朗讀、輪流朗讀、回音朗讀和齊聲朗讀的方式，朗讀小美唱的詩歌，例如運用回音朗讀：「你知道嗎？你知道嗎？今天是什麼日子？請到信裡去找小樹，把樹下的字排起來。」由父母朗讀一句，然後換孩子照樣朗讀一句，或者輪到孩子朗讀句子時，只朗讀其中畫底線的部分，玩聲音變化的遊戲。此外，也可以和孩子仿效小美創作藏頭詩，一起動動腦，玩鬥智尋寶的猜謎遊戲。

作者 瀨田貞二 ————

1916 年生於日本東京。東京大學國文科畢業。戰後一邊擔任中學教師，一邊開始從事兒童文學
創作。1947 年辭去教職，擔任《兒童百科事典》（平凡社）編輯。1949 年之後以自由之身全
心投入兒童文學及翻譯等相關工作。譯有《魔戒》、《納尼亞傳奇》等小說，以及《月亮晚安》、
《三隻山羊嘎啦嘎啦》、《黎明》、《瑪德琳》、《驢小弟變石頭》等膾炙人口的繪本。另外，
也將傳統民間故事改寫成繪本，並從事繪本文字創作。除翻譯、創作之外，也撰寫《繪本論》、
《幼兒文學》、《拾穗》等兒童文學與兒童文化評論。是日本戰後兒童文學的重要旗手。1979
年病逝。

繪者 林明子 ————

1945 年日本東京都出生。橫濱國立大學教育學部美術系畢業。第一本創作的繪本為《紙飛機》。
除了與筒井賴子合作的繪本之外，還有《最喜歡洗澡》、《葉子小屋》、《麵包遊戲》、《可
以從 1 數到 10 的小羊》等作品。自寫自畫的繪本包括《神奇畫具箱》、《小根和小秋》、《鞋
子去散步》幼幼套書四本、《聖誕節禮物書》套書三本與《出來了 出來了》，幼年童話作品有《第
一次露營》，插畫作品包括《魔女宅急便》與《七色山的祕密》。

譯者 林真美 ————

國立中央大中文系畢業。日本國立御茶之水女子大學兒童學碩士。在國內以「兒童」為關鍵字，
除推廣繪本閱讀，組「小大讀書會」，也曾在清華大學及多所社區大學開設「兒童與兒童文學」、
「兒童文化」、「繪本‧影像與兒童」等相關課程，並致力於「兒童權利」的推動。另外，也
從事繪本的翻譯，譯介英、美、日……經典繪本無數。並譯有與繪本、兒童相關的重要書籍，如：
《繪本之力》、《百年兒童敘事》等。個人著作有《繪本之眼》、《有年輪的繪本》、《我是小孩，
我有話要說》。

國家圖書館出版品預行編目 (CIP) 資料

今天是什麼日子？/瀨田貞二作；林明子繪；林真美譯.
-- 第一版.-- 臺北市：親子天下股份有限公司, 2023.06
42面；20.7x24.2公分. -- (繪本；317)
注音版
譯自：きょうはなんのひ？
ISBN 978-626-305-400-4 (精裝)

861.599   111021159

繪本 0317

今天是什麼日子？

文｜瀨田貞二　圖｜林明子　翻譯｜林真美

責任編輯｜謝宗穎　美術設計｜林子晴　行銷企劃｜翁郁涵、張家綺
天下雜誌群創辦人｜殷允芃　董事長兼執行長｜何琦瑜
媒體暨產品事業群
總經理｜游玉雪　副總經理｜林彥傑　總編輯｜林欣靜　行銷總監｜林育菁　副總監｜蔡忠琦　版權主任｜何晨瑋、黃微真

出版者｜親子天下股份有限公司　地址｜台北市 104 建國北路一段 96 號 4 樓
電話｜（02）2509-2800　傳真｜（02）2509-2462　網址｜www.parenting.com.tw
讀者服務專線｜（02）2662-0332　週一～週五：09:00~17:30
傳真｜（02）2662-6048　客服信箱｜parenting@cw.com.tw
法律顧問｜台英國際商務法律事務所·羅明通律師
製版印刷｜中原造像股份有限公司
總經銷｜大和圖書有限公司　電話：（02）8990-2588

出版日期｜2023 年 6 月第一版第一次印行
2024 年 3 月第一版第三次印行
定價｜380 元　書號｜BKKP0317P　ISBN｜978-626-305-400-4（精裝）

──────────────────────── 訂購服務
親子天下 Shopping ｜ shopping.parenting.com.tw
海外·大量訂購｜ parenting@cw.com.tw
書香花園｜台北市建國北路二段 6 巷 11 號　電話（02）2506-1635
劃撥帳號｜50331356　親子天下股份有限公司

立即購買 >